아마존 시리즈

아마존 시리즈

장르 시집

    그 어느 때보다 덥고 긴 여름을 보냈다. 기후 위기가 심각한 지경에 직면하였다. 기후로 인한 각국의 피해도 크지만 이로 인한 기후난민의 수 또한 증가한다. 세계 여러 나라의 기후 대응은 각국의 어젠다와 이익에 함몰된 채 흐지부지 진전이 없는 상태다. 탄소배출이 제로로 되지 않으면 기후 위기는 악순환의 사이클이 거듭될 것이다. 지금도 개발론자들은 이익 창출을 위해 숲의 나무를 베어내고 탐욕의 끝이 없는 순항을 계속하고 있다. 고도 성장은 기후 위기를 심화시키는 지렛대 역할을 한다.

    갈수록 양극화와 불평등의 수치는 높고 전쟁과 폭력의 광기는 극에 달했다. 평화는 달콤한 사탕발림에 불과하다 부자들은 그들만의 성벽을 쌓고 가난한 사람들은 거리를 떠돈다. 정치는 실종되었고 경제는 파산의 길로 접어들고 있다. 시급히 대안을 마련해야 한다.

    우리가 탐욕을 거두지 않으면 소멸한다. 그래도 이 세상은 정의롭고 착한 사마리아인들이 있어 살아볼 만한 세상 아닌가.

詩歷 18년에 접어들며, 還甲 2024년 겨울

장 르

2024년 10월 10일 문학계에 경사스러운 소식이 전해졌다. 작가 한강이 한국, 아시아 여성 최초로 노벨문학상을 수상하게 되었다. 역사적 의미를 더해 기록한다.

"한강은 역사적 진실에 대하여 눈 감지 않고 차분하고 부드러운 시선으로 영혼을 어루만지면서 독자로 하여금 보편적 주제를 작품 속으로 빨려 들어가게 하는 강력한 관성의 세계를 만든다. 그것은 또 다른 블랙홀이다."

피라미드 수수께끼 신화의 세계

초롱초롱한 눈동자에 저미는 우수의 그림자

앵두 닮은 입술에 기막힌 민생이 오그라들고

천리를 듣고자 애쓰는 귀는 나이를 속이고 있네

노랑머리 빨강 머리 검은 머리 하얀 머리,

머리칼 휘날리며 세상은 돌고 돈다

언제부터 직립보행의 곧은 걸음

인류의 역사가

혼돈의 시대에 암흑으로 치닫고

행성과 혹성이 자기 충돌하고

불기둥에 화산의 기운

카오스에 갇혀버린

태초에 생명의 끈도

태양의 물방울도 없는

비어있는 욕심조차 사장된

노래 부르지 못하는

대지의 황폐한 습관이 해와 달로

서서히 태동하는구나

신께 내미는 간절한 구원의 기도

끌어안고 맞이할 순간을 기다리는 땅의 시작

불덩어리 화산, 연기구름의 흐릿한 천지

생명의 싹 깊이 감춘 동력의 시작

휘몰아치는 별들의 부딪침 흔들어라

빙글빙글 돌아가는 지축의 동요

바닷속 비밀의 문을 열고 나온

인어의 몸부림으로

뱃사람을 유혹하네

세이렌의 변명은 정당

뱃머리 기둥에 밧줄을 묶어

쾌락의 잔치를

눈이 멀어버린 눈멀어 버린

사랑의 비어있는 찬가

신들의 울음, 가로 놓인

절묘한 권력 다툼

아침을 거두어들이는 자 승리하리라

신들이 몰락한 아침

태양의 열기가 식지 않는 평원의 눈물

칼을 빼어 들었으나 날카로움 없고

갑옷을 입었으나

전쟁의 소멸

활활 타오르는 활화산 구멍을 메우고

타오르거라 맹렬히 타오르거라

대지는 지열이 식어가고

태양의 언덕

달빛이 화살 되고 빛줄기 되어 내리쬐는

어두운 밤의 적막

영혼의 산책

거리를 떠도는

악령의 빗나간 잔치

그들의 성대한 만찬은 시든다

짜릿한 정신의 몰락

마왕의 유혹에 무너진

환락의 파티를 멈추어라

소멸의 그림자 이내 드리워졌거늘

휘황찬란한 불빛의 야성에 흐느끼는

절망을 뒤집어씌운 복면을 벗겨라

노를 저어라

천국으로 가는 배를 띄우고

마왕과 결탁하지 마라

악인의 도시는 번창할 것이다

마차의 노동이 슬프다

나무 바퀴의 툴툴거리는 거친 호흡을 듣는

시대의 저편

기계와 톱니가 돌고 도는 자동차의 질주

백년은 오르막길

또 다른 언덕배기 오르는 힘찬 도약을

들어라 힘을 모으라

팔뚝 힘 자랑삼아 기수의 깃발을

힘차게 축복하라

에릭 카는 역사라는 이름표

과거와 현재의 끊임없는 대화[*]

물밑에 집요하게 요동치는

역사의 물줄기는 신들의 영역보다

인류의 먹거리를 위한 다툼의 경연장

지배자와 피지배자 간의 암투

보이지 않는 줄다리기

그 끝에 보이는 피눈물

어리석은 사람아

영리한 사람의

날카로운 지혜와

노련한 언변

대중을 현혹하고 속이고 누르고 쥐어짜는

권력의 중심에 선 봉건의 그림자

아! 멈출 수 없는 힘의 노림수

인간의 역사 신의 배반

그림 몇 장에 드러난

사람의 표정, 몸짓, 춤, 대화

---

[*] 에드워드 에릭 카(Edward Hallet Carr)의 저서 《역사란 무엇인가》

진화론과 창조론은 철 지난 유행
천년 그리고 다시 천년

사람의 내리막길, 구겨진 걸음

어디로 갈까

장 르
_____

아마존 시리즈

1

우리는 늘 사회를 잘못 읽어버리는 솜씨에 익숙하다
힘들어하는 사람의 절망을 보지 못하였고
가진 자의 갑질도 감추었다
퇴근길 늘어진 어깨, 소주 한 잔의 짜릿한 행복
더 줄 게 없는 서민의 빈곤을 끄집어내는 것도 몰랐다
근면한 삽자루의 가치와
왜곡된 말, 거짓에 무너지는 사유도 접어 두었다
좋은 게 좋다는 식으로 부당한 힘의 균형을
스스로 인정하고 묻어 두었다
남보다 먼저 철옹성을 쌓고 남의 어깨를 디딤돌 삼아
성공하면 그게 제일이라 여기는 대다수 타인
나 말고는 주변을 외면하는데 아주 익숙한
이기적 파티에서 적색 와인 잔을 쨍하고, 춤추는 그들

그러나 큰일 한번 생기면
그때만 잘 넘기면 아무런 일 없는 듯이

좋은 옷 입고, 오곡밥 먹고, 꿀잠 잔다

위험에 노출된 위급한 이에게는
착한 사마리아인이 절실하고
아픈 사람은 동의보감의 약효가 긴요하고
굶는 사람의 배부른 한 끼, 쌀밥 한 그릇
추위에 지친 몸, 벚꽃 무늬 빨간 내복 한 벌
나라 간 전쟁, 폭동의 위험에서 벗어날 방책을 구하고
실패하고 좌절한 이에게 당근이 힘이 되는, 그런

그릇됨을 멈추어야 모두가 사는 게임의 법칙
따뜻한 시선이 깔아놓은 양탄자 길
반짝!

2

바람을 빌려서 뜰채를 만들고
여론이라는 단어에 실린 무게만큼 김밥을 말았으니
들판에 우는 풀벌레와 철새에게 길을 물어봐
창날은 그림자로 변신하여 장승이 되었으니
반드레한 입담으로 대통령은 국민을 안심시키고
뒷담화에 충실한 스피커를 모조리 모아서 군불을 때라
아침에는 죽을 주고 저녁에는 굶겨라
내일의 미래를 담보하여 오늘의 희망을 불러 세우는
물의 출렁거림에 분노하라
또 다른 예고편을 띄우는 해가 떠오르고
꿈을 꾸어 보지만 얄팍한 속임수였네
대통령이 읽은 신년사가 벌써 녹이 슬었다

3
————

선과 악이 공존하는 세상의 수레바퀴는
돌고 돌아
선의 행함이 위대하더라도
악의 심판은 끝에 결판 날것
세상은 공평무사
위대한 조물주
생명의 숲에 바람을 불어 넣어 주고
행함에 있어 실로 공정한 습관
대륙의 끝 얼음
왕국 대륙의 중간 가뭄과 홍수
비와 구름이 상존 평화의 대기
풀잎은 찰랑거리고
인간의 욕망은 제어 불가능
아이들은 태어나고 노인이 사라진다
탐욕의 그림자 저만치서 유혹하고
성장의 늪 속에 허우적거리는 다급함
미래를 예언하는 사람의 눈은 매섭다

4
―――

출발선이 다른 사회
기울어진 운동장, 모두가 경쟁하는
처지면 실패하는 게임의 법칙
가진 자의 가진 자에 대한 가진 자의 교육
자본의 논리에 지배당하는 아이들
줄 세우는 아이들
키 큰 아이 작은 아이
차별받지 않는 상식적인 공간
하고자 하는 바 걸림돌 없는 나라
새와 풀꽃의 속삭임을 알아채는
들판의 진흙 길을 누비는
자연에서 모국어를 발견하는…

5

모든 쾌락에는 대가가 있는 법
마왕이 권하는 강력한 쾌락의 약
끝끝내
마수에 걸려든 나약한 인간의 강
돌아오지 못한 강을 건너고만
무지함의 극치

자본의 비뚤어진 부가 형성되는
손쉽게 돈 버는 것이 법칙이 된
그물망 속에 가두어버린 양심
마왕은 돌아다닌다
마왕의 손바닥에 놀아난
발바닥을 닦고 있는 노예
끝과 극

6

끝없는 평원의 왕성한 초지의 힘
말이 제 속력에 못 이겨 지쳐 쓰러지는
광야의 평온
한때는 모든 대륙을 정복한 영광의 세월
메뚜기도 한 철이라 허허로운 빈 바람
들판에서 불어오는 향긋한 허브향
코끝을 스치고 멍하니 저 끝을 보네
황제의 화려한 옷은 색 바랜 지 오래
사나이 씩씩한 기개 한나절에 부러졌네
해야 비추거라 승리의 노래
풀잎이 춤춘다
치마 두른 꽃잎도 덩달아 춤사위에 묻히네
말젖을 짜는 아낙의 등 뒤로
희한한 어둠이 묻어오리
늑대무리는 먹이 사냥
대륙의 젖 먹는 힘 속에 아이들은 태어나네
훗날 말안장에 타고 있겠지
칭기즈칸 깨어난다

7

종교를 믿으라
너의 정신과 육체를 바치고 신을 숭배하라
신은 너의 최선이다
신은 사람, 자연보다 우위의 절대자다
신은 풀잎을 만들고 이슬을 뿌리고
하늘을 창조하고 바다를 가두었고
천둥과 번개 비와 구름을 모으고
너의 믿음이 의심을 품을 때
신성모독으로 엄히 다스릴 것
무조건 신에게 충성하라
신의 그림자도 밟지 마
하늘처럼 받들어 경배하라

8

청년의 꿈 산산조각 난 거울
줄어든 청년 일자리
주눅 든 청춘의 허당
어른들을 위한 세상
더 이상 감출 곳 없다
체념의 도가 넘쳐나는
희극의 도시 개그판
빙글빙글 스며들 틈 없다
어른들은 당장 그만두라
어른들의 이익을 포기하라
청년을 위한 정책의 책장을 펼쳐라
그들의 미래 그들의 세상을 위한
전당을 마련하라
푸른 한 마리 새 날갯짓
자유의 도시, 젊음의 하우스
가자 청년이 꿈꾸는 유토피아
비보이가 춤추는 싱싱한 동작
푸른 계절 붓을 들고 희망의 벽화를 그리자

9

머리가 복잡할 때는
양동이에 물을 가득 채워 발을 담근다
발가락 사이로 비어있는 역사의 앙금
영감의 실타래는
저절로 풀리는
나에게 보이지 않는 박물관의 추억
그쪽으로 집결하라
냉엄한 장식의 의례
수도사의 간절함이 신의 머리 꼭대기에
걸려 있다

10

돈의 흐름
그 누구도 예측하지 못하는 법
국가는 가만히 앉아서 돈을 찍어
도둑 세금 걷어가는가
지독한 인플레이션의 유혹
가난한 국민의 주머니 가치는 떨어지고
물가는 천정부지
가두지 못하는 부의 절망
양극화의 그늘
가진 자의 한판 승부
서민은 안중에도 없는 그들만의 리그

11

조개껍데기 → 지불 ← 물건 쌀, 베 ↔ 물물교환 → 엽전, 전표, 지폐 → 지불 ← 신용카드 ↔ 계좌이체 ↔ 스마트 폰 → 비트 코인…

지폐 신용카드 지갑이 무용지물이 되는 신세계, 그 이후는 알 수 없다

12

정치가 아름다워야 한다고
정치가 사람을 살려야 한다고
정치가 희망의 마중물이 되어야 한다고
정치가 아픈 사람을 치유해야 한다고
정치가 눈물을 닦아 주어야 한다고
정치가 서로 상생해야 한다고
정치가 잘못된 관행을 바로잡아 주어야 한다고
정치가 호랑이보다 무섭지 않아야 한다고
정치가 처절한 약자의 편에 서야 한다고
정치가 웃어야 한다고, 이 모두가 허튼소리다
정치가 죽었다

13

____

사람들이 철학적으로 모이는 시장
배부르게 먹을 수 있는 식재료가 풍족
장사꾼 신바람 솔솔~
고객 만족 휘파람~
돈이 돌아서 잘 돌아가는
서민의 한숨이 사라진
필요한 만큼 공급과 수요
플러스 마이너스 곡선이 교차하는
경제 공식 사전
만물상
이 물건 저 물건
사고 팔고

14
———

당선만 되면 황금 좌석에 우아하게 앉아서
정무 본답시고 어깨 힘주고
민생은 이웃집 개나 주는 것
짖거나 말거나
임기 중 이상 무
아무 일 없이 봉급 꼬박꼬박
행사 참석 축사 몇 마디
달변으로 위장
존경하는 지역 주민 여러분
저만 믿으십시오
이권 있으면 뒷주머니 몰래 챙기고
고급 선물 상자 날아들고
이만한 호사가 어디 있소
4년 8년 평생을 누리고 살아도
지겨운 줄 모르겠소
발아래 굽신거리는 부하들의
어깨를 밟고 저 높은 창공으로
오르면 비위 맞추며 비행기 타는

이 마음을 누가 알까
겉으로는 정성을 다하여
주민을 위한답시고
웃는 모습 연출하고
돌아서면 내 살길만 챙기고
부정한 일은 빠져나가는
구멍 견고하게 만들고
이 세상 바꿀 수 없는 신의 좌석

15

———

비디오 세상
돈벌이만 된다면
막무가내 플래시 팡팡 카메라 찰칵찰칵
너튜버 천지
대중의 지대한 관심을 위하여
사생활은 뭔 대수
돈을 위한 오직 영혼이 말라버린
카메라가 구석구석 온 천지에
렌즈를 던진다
부유한 렌즈 : 가난한 눈
미디어는 무협의 세계다
무협소설에 등장하는 가상의 *끄나풀*

손오공 사오정 삼장법사도 비껴간
철 지난 비디오

16

서로를 믿지 않는 사회
콘크리트 단단한 감정이 사라진 로봇 사회
감정보다 이익이 우선하는 사회
불특정 다수를 노리는 이유 없는 테러
시민이 불안한 사회안전망
눈 감고 걸어가는 낯선 거리
부자들은 그들만의 성을 쌓는
격리된 사회, 한구석의 어두운 그늘
돕지 않는 이웃, 유행 지난 도덕
불 꺼진 가로등

사각사각거리는만년필긁는소리에귀뚜라미
울음소리가포개지네잉크냄새귀여운여우아
가씨잠못이루는전설의신이여폭풍우는잠들
었으니안심하소서정원에깃든백합과왈츠를
추소서로마의아침성역은그대로다신의힘으
로세상을보존하였으며시민의힘으로도시를
가꾸었도다창끝에서두꺼운전쟁을읽어내고
비너스의사생활을들추어보고장구한로마의
영광을재현하는전사들이여피묻은방패를거
두어들이라역사는모든것에지붕을세웠다△

18

해가 뜨면 아침에는 이슬을 맞이하고
대지의 밭고랑을 따라 햇살이 파도를 타면
사소한 아침 밥상을 영접하고
기지개 쭈욱 하품 거두어
신이 만든 이 넓은 곳
일용할 양식을 거두는 주름진 손을 들어
하늘을 응시하라
구름은 춤을 추고
나직하게 들려오는 축복의 노래
귀 기울여 신들의 합창을 들어라

아기 볼처럼 탐스러운 복숭아
열린 가지마다 천도복숭아 전설 탄다
주렁주렁 힘을 버티지 못하여
중력의 도움으로 달린 순간
농부의 뿌듯한 자부심
수확의 기쁨 최고가 경매가격
농사는 거짓 없는 정직한 천직
햇볕과 비와 바람이 만들어낸
굶주린 이의 생계를 이어 줄
지상의 가장 풍성한 작품
찬양하라
최후의 만찬 녹아있는
땀으로 만든 위대한 수확

그리고 식탁,

상추   시금치   쌀
토마토   배추 보리   마늘

생강
                    무
       고구마
                사과
감자
     밀   복숭아   양파

20

이런 뉴스가 다 있네

심심한 사과 말씀 : 하나도 안 심심해!

낄끼빠빠가 뭐예요

(낄 때 끼고 빠질 때 빠짐)

시발점? : 왜 욕을 해요

금일 : 금요일

중식 제공 : 우리 아이는 한식 좋아해요

사흘 : 4일

말귀를 못 알아먹어서 좋겠다

21
———

묵정밭 가득 덮인 개망초꽃
예전 그 어디쯤 농부는 아직 젊어서 농사지었으나
시간의 무게에 눌린 그 사람이 없는 빈 밭에
무심한 꽃밭이 제 할 일을 한다

22

지구인의 끝없는 자기 욕심 그 끝은 어디
우리가 아는 유일한 생물이 사는 행성
수 억 년에 걸쳐 혹사한 행성의 운명
이제 달로 화성으로 로켓 별천지
신의 영역 그 너머 금지된 별을 찾아
저 멀리 높은 해상도 망원경
고흐의 별 헤는 밤 샛별은 총총
노아의 방주
그들은 욕망을 이기지 못한 채 또 다른
황무지를 길들이기 위한 발걸음
더 이상 얼음은 얼지 않고
비와 홍수의 반복
또 다른 땅
이주를 결심해야 하는 지구인
개나리꽃은 가을에 춤추고
이상한 올리브 열매의 외출
신의 노여움
가지에 걸려 있고

죽어야 아는 미몽의 세계
밤이 아침을 흔들어 깨운다

청춘의 상큼한 입속에 전해진 열정과 용기, 희망을 버무린 그 연기는 지금 어디에서 또 다른 추억의 목걸이를 걸고 있을까

청자~백자~승리~화랑~한산도~한라산~태양~라일락~솔~아리랑~비둘기~마라도~신탄진~단오~개나리~희망~거북선~샘~남대문~환희~타이거~설악~은하수~명승~수정~장수연~백두산~공작~무궁화~백조~계명~샛별~백합~장미~88라이트~도라지~엑스포~디스~타임~라이손~더원~금잔디~스포츠~수연~새마을~한강~여삼연~학~충성~나비~모란~지건~새나라~해바라기~상록수~전우~금관~자유종~수연~연송~하루방~오마샤리프~컴팩트~글로리~하나로~심플~에쎄~~~

나라와 나라 사이 철조망을 치고
성벽을 두르고 봉쇄는 일상
갈 수 없는 땅 분단의 땅
살길 찾아 삼만리 이역만리 흩어지는
난민들의 행렬 장사진
정치가 사람을 살리는 것이 아니라 죽이는 지옥
떠돌이가 그나마 자유라는 하소연
평화의 문, 전쟁의 부산물
권력, 탐욕에 눈먼 위정자들의 눈속임
매미는 높은음자리표
답답한 가슴, 눈물 비빔밥
모국에 태어나 대대로 살고 싶은 소망
사치인가 물음
누구 하나 관심 기울이지 않는 난민
어지러운 뺑뺑이만 돈다

우물 두레박, 수돗가를 나와
가공된 생수의 목 넘김

생수병에 둘려진 비닐라벨도 플라스틱도
재활용되거나 마구 버려져 해안을 따라
먼바다 태평양 한가운데
거대한 섬을
하룻밤 자고 나면 쏟아지는 생활폐기물
경종은 울리고
사람들은 만들어지는 탄소 배출량을 줄이자고
목청 높이지만 만드는 사람들의
생계는 또 산업 성장률은 어떻게
많은 생각과 이기심이 플라스틱 물통에 가득 담겼다

26

전쟁의 굿판을 멈추라
분쟁 아니더라도 인류가 싸울 일 더 많아
들판의 풀꽃
바다의 말미잘
하늘의 구름
질문과 똑같은 대답
분단된 나라, 앞에선 평화를 이야기하고
뒤에선 살상 무기를 팔아먹는 나라
사람을 죽이는 굿판을
당장 멈추어라
이념의 뿌리도 종교의 진리도
나라의 이익도
인간의 행복보다 대단하지 않다
전쟁의 단어를 사전에서 영원히 퇴출하라
무기를 버리고 투항하라

27

혁명은 살아 있다
숨 쉬는 민중의 기대감에 불만족
서서히 싹을 틔우고
비로소 충분조건의 허수
이념의 물을 뿌려야 하리
민심의 향배 욕망의 저울질
가로놓인 절체절명의 위기
끼니를 놓치고 추위에 떨고
거리에는 불 꺼진 상점 꽁꽁 잠긴 자물쇠
'혁명아 사바타'*
혁명의 아침 밝아 온다
모두 깃발을 들고
소리 질러라
자유와 밥을 구하라
민중을 위한다는 과장된 혁명의 무게
혁명의 가면 뒤에는
혁명가의 부귀영화만 남고
핍박받는 민중의 찢어진 옷자락

혁명이 소리 지르고 민중은 눈물만 삼킨다

---

* 멕시코 혁명지도자이며 대통령인 에밀라노 사파타를 그린 영화. 1952년 개봉.

28

새로운 스위스 지폐
인물은 없고 손 모양 울긋불긋
인류의 기술문명은 정교한 사람들의
손이 모이고 모여 화려한 꽃핌
사람의 손은 놀라운 마법술
손은 위대한 경전
법을 만들고 문화를 가다듬고
악보를 만들고 소설을 짓고
노를 저어 물고기를 잡고
밭을 갈아 식량을 조달하고
도끼로 배를 만든 장인의 숙달
큰 바다로 나아가 대륙과 대륙을 건너
종족의 씨앗을 광활한 대지에 적시게 하고
비로소 인류의 텃밭
손은 모든 것을 이루어 낸 영원한 맥가이버

알래스카 빙하가 녹아내리는 풍경
호수의 비대한 몸집
마침내 마을 전체가 허우적
지구의 체열을 이기지 못한 빙하의 끝자락
갈라지고 무너지고 지구에 대한 조용한 경고장
똑똑하다고 으스대는 사람들
아주 느리게 알아차린다
수억 년 푸른 얼음
한나절에 차가운 물로 돌아
동면의 시간 깨어나는 빙하수
지구가 제 역할을 거두고 몸살
빙하의 노래 비극의 시작점
장엄한 오케스트라의 화음이 마주치는 곳
빙 빙 빙
쩍쩍 금가는 깨짐 소리
얼음의 울음소리 이별을 말하는
저 빙벽이 어둠으로 접히는 그곳
아! 예고도 없이 그들이 여기에

있었다는 표지판을 보고야 알 수 있는
사람들이 편함을 위해 더 큰
자산을 도둑맞는
돌이킬 수 없는
아무도 책임지지 않는
공장의 굴뚝 연기 지금도 품어대는 이기심
푸른 빙하의 숨겨진 오래된 비밀의 문
열   림

30

지구의 심장

아마존의 호흡

광활한 숲의 서사

가치 없는 버려진 땅이 아니라

있는 그대로 두지 않는

인간의 이기심이 만든

결국 숲은 도끼의 세례 폭탄

한쪽에서 민머리 제프 베이조스[*]

〈아마존〉의 거대한 플랫폼 시스템

편한 생활의 발견

문명과 숲의 소멸이 충돌하는

두 개의 기둥

---

* 제프 베이조스(Jeff Bezoz) 〈아마존〉 창업자

31

기억의 저편을 경계하라

새벽마다 기도하는 박 할머니

'신께서 그동안 잘 지켜 주셨지 끝까지 눈 감는 그날까지 하느님
이 보우하사 잘 가도록 자식에게 누가 되지 않게끔 그게 제일
무서워'

치매 진단 일 년 못 미치는 지금
기억의 주머니는 별생각 없이 차츰 멀어진다

활을 쏘기 위해선 자존의
젖가슴을 도려내야 하는 통과의례
아마존의 전사들이여
창을 들고 원시의 숲을 정복하라
먹거리를 다듬고 영역을 다툼하고
아이를 낳아 기르고
초막을 지어 생계를 보전하는
전사들이여 이 땅에 축복의 메시지를 전하라
비가 내리지 않으면
가장 정결한 몸과 마음으로
비 올 때까지
정성껏 기우제를 지내라
아마존은 영원한 허파
물속에 묻힌 강건한 뿌리의 정열
알몸으로 강에는 물고기잡이
신께서 내린 최후의 비책
저문 석양빛에 녹아내리는 심장
아마존의 눈물

33
———

액자를 던진다

이제 더 이상의 툰베리*는 없지
사람들의 무의식만 남지
괜찮아
바다에 플라스틱 버려도
그물을 방기하여도
모든 것 버려도
우리와는 무관한 일이지
바다는 천년만년 우리를 위해
싱싱한 생선과 해초를 줄 거지
한결같이
한 치 앞도 볼 수 없는 것 같이
이대로 쭈욱 괜찮아
우리 무심코 던진 그물
부메랑이 될지
모른 채 사는 게
지금 당장은 안심할 일이지

———
*   그레타 툰베리(Greta Thunberg): 스웨덴 환경운동가

34

결과의 습격은
소리 없이
우리의 깊은 곳
은밀한 것을 노리지
느린 속도로 잠행하지
미래에서 온 우체통에
갇혀있는 퇴장 문자 새겨진
붉은 엽서 한 장
소멸의 문턱을 넘고 말 것

35

강물의 범람, 폭설의 공격, 빙하의 파괴
그냥 보고만 있으란 건가요
계절의 시계가 멈추고 열매 없는 나무와
벌들의 멸종을 그냥 듣고만 있으란 건가요
욕망의 배를 채우는 숲을 향한 난도질
곳곳에 활활 타는 산불의 습격을 그냥 말하지 말란 건가요
이제 대답할 때가 훨씬 지났어요
어디 한 번 속 시원하게 답해 주세요
누가 답하죠?

36

사람이 살지 않는 섬,
그곳
전기도 인터넷 물론
어떠한 시멘트 벽돌도 없는
친환경의 단어가 어울리는 그곳
솥, 고동, 조개, 산채
한 끼 밥을 해결
행복지수는 하늘과 악수하고
사람이 살지 않는 오염 없는
무인도와 친압하는
바닷새의 원초적 본능 그 안
나는 자연인이다

37

융프라우요흐 알레치 빙하 녹은 땅
눈물이 메마른 등껍질
물처럼 조금 움직여 가다 소멸의 정점·
겨울이 긴 여름에 밀리고 있다
다시는 다시는 들리지 않을 빙하의 노래

38
―――――

자주 듣는 인구소멸 담론
다급한 목소리
모든 일이 이미 정해져 있는데
이곳저곳 구름처럼 부산하다
갈수록 사람들이 살아가기 어려운데
이를 해결할 생각은 없고
사람 늘릴 정책만 발등의 불
더 많이 내리는 빗물
더 길고 강한 폭염
더 심해지는 가뭄
더 강도가 센 태풍
배부른 수도권 지방소멸
정책도 대안도 처방할 수 없는
대책 없는 위정자들의 무능

39

여왕벌이 사는 벌집
나무를 코끼리가 넘어뜨리다
놀란 벌들 그냥 가만히 있을 리 만무
모두 힘을 합쳐 코끼리를 공격
살갗이 두꺼운 코끼리도 따가운 것 마찬가지
얼른 도망간다
자연은 그렇다

머리꼭지까지 화가 난 코끼리와 벌떼

40

자주 볼 수 있을 거란 착각
50여 년만 에 본 소똥구리 한 마리
소똥을 굴리며 황톳길 위를 건너가는 모습
보츠와나 초베 국립공원*에서의 마지막 작별
다시는 또 볼 수 없을 희귀한 소똥구리

내가 보고 묻고 답하다

---

* 아프리카 보츠와나 북서쪽에 있는 국립공원

41

그렇게 되어선 안 될 것을 알면서
인간의 유비무환 정신이 발현된
현대판 '노아의 방주'
지구인은 만일을 대비해서
얼음 속 땅속 깊은 곳에 보관창고를 지었다
스발바르 글로벌 시드볼트, 백두대간 글로벌 시드볼트
농작물 종자와 야생식물 종자를 쟁여 두었다

42

느낄 수 없는 봄
속살을 감춘 가을
겨울은 짧은 치마
여름의 기세는 점점 살점을 키우고
철로처럼 길어진 끝없는 숙제
기온의 기습 공포의 악순환
예전의 사계절은 없다
봄- 여------름 가-을 겨---울

43

말라 죽는 소나무
시들어 버리는 구상나무
늘어나는 활엽수림
사라지는 명태
소멸하는 해조류
북극으로 이사 간 오징어
플랑크톤의 소멸

44

법은 평등합니다
법 앞에 서면 안전합니다
법은 약자에게 강력한 우군이 되어야 한다고
법을 집행하는 자
정의롭고 성역 없이 처리해야 한다고
법을 핑계로 봐 주기 없어야 하고
권력자의 눈치도 보지 않아야 한다고
우리는 상식으로 배워 왔습니다
그런데 두고 보니 그게 아니었습니다
상식을 벗어난 정치와 진영논리에 따라
'어' 다르고 '으' 달랐습니다

45

살육의 피를 본 것
진한 붉은 살점의 강력한 트라우마
풀잎의 여린 자유
강렬한 치유의 속임수
빗물처럼 흐르고
머릿속에 주리 튼 검은 안개
《채식주의자》에서 건지는 목적어

46

한강 작가는 말한다

"인간은 선로에 떨어진 어린아이를 구하려고 목숨을 던질 수도 있는 존재이지만 아우슈비츠 수용소에서 잔인한 일을 저지르기도 한다."

또한 말한다

"이 세상은 이렇게 고통으로 가득할까 이런 생각이 너무나 강렬하게 느껴져서 힘들 때가 많죠. 그런데 동시에 어떻게 이 세상은 이렇게 아름다울까 항상 저에게는 좀 풀리지 않는 수수께끼였었고 굉장히 어려운 숙제처럼 나를 밀고 간다는 생각."

 사람 사는 세상의 양면적 선악의 문제에 대하여 반쪽과 한쪽이 싸우고 다듬는다

47

고래수염 처리공이었던 장수하늘소는 하루아침에 직업이 사라
졌다 커피 냄새 탐지원이었던 사슴벌레도 일자리가 없어졌다
촛불 관리인이었던 개똥벌레도 집에 갔다 오줌 세탁부 일을 하
던 풍뎅이와 전화교환원 비단벌레도 그렇다

48

가짜뉴스의 두 가지 얼굴
첫째 사실과 다른 것을 진짜처럼 속이는 것
둘째 사실인데 절대 아니라고 오리발 내미는 것

너무 시원해서 물 건너간 올해 여름

가진 자의 무게만큼 못 가진 자의 가벼움

가짜뉴스가 도배된 미디어의 유혹

시련 속에서 피어오른 희망의 연꽃

발문

정글의 포식자들,
그리고 파괴자들에 대한 마지막 경고

– 장르 시집 《아마존 시리즈》를 읽고

김남권(시인, 계간 《시와징후》 발행인)

정글의 포식자들,
그리고 파괴자들에 대한 마지막 경고

– 장르 시집 《아마존 시리즈》를 읽고

김남권(시인, 계간 《시와징후》 발행인)

　문학이 사회 문제를 고발하고 해결하는 데 적극적으로 참여해야 한다는 관점은 1960년대에 처음으로 등장했다. 문학의 사회성을 긍정하는 입장과 문학의 사회 참여를 지양하고 형식적인 아름다움을 추구해야 한다는 순수문학의 범주와 아직도 그 이론은 팽팽하게 양립되고 있지만, 일찍이 김수영은 '풀' '어느 날 고궁을 나오면서' 이성부는 '벼' 신동엽은 '금강' '삼월' 등에서 현실을 비판하는 시를 쓰면서 시대의 아픔을 노래하고 민중들의 상처를 위로했다.

많은 시인들이 순수문학을 지향하지만, 사실은 적당히 현실에 타협하면서 권력의 눈치를 보거나 현실을 초월하여 사는 척 배부른 작가들의 위선을 아름다운 언어로 포장하며 스스로 성골의 길을 걷는 시인이라 자부하는 모습을 너무 많이 발견하게 된다.

그러나 시대의 아픔과 민중의 고통을 외면하는 작가들의 삶이란 얼마나 위선적인가? 우리는 일제강점기와 독재정권, 민주화운동의 시기를 겪으며 수많은 문인들의 행적에서 이미 많은 것들을 몸으로 체득하고 있지 않은가? 장르 시인은 이런 현실에 대한 자신의 감정을 숨김없이 쏟아내며 위정자와 위선자들을 향해 날 선 붓의 칼날을 들이대고 있다. 48편의 연작시 형태로 구성되어 있는 《아마존 시리즈》는 우리가 살고 있는 삶의 정글을 표방하고 있다.

정치가 아름다워야 한다고/정치가 사람을 살려야 한다고/정치가 희망의 마중물이 되어야 한다고/정치가 아픈 사람을 치유해야 한다고/정치가 눈물을 닦아 주어야 한다고/정치가 서로 상생해야 한다고/정치가 잘못된 관행을 바로잡아 주어야 한다고/정치가 호랑이보다 무섭지 않아야 한다고/정치가 처절한 약자의 편에 서야 한다고/정치가 웃어야 한다고, 이 모두가

- 본문 「12」 [전문]

정치는 나라를 다스리는 일을 말한다. 국가의 권력을 획득하고 유지하며 행사하는 활동으로, 국민들의 인간다운 삶을 영위하게 하고 상호 간의 이해를 조정하며 사회 질서를 바로잡는 따위의 역할을 하는 것을 정치라고 한다.

그런데 국민들이 느끼는 현실은 정반대의 현상을 체감하고 있다면 그건 이미 정치를 포기한 것이다. 찬란한 삼국통일의 문명을 꽃피웠던 신라가 멸망하고 오백 년 황금기를 누렸던 고려가 멸망하고 빛나는 문명을 일구었던 조선이 멸망한 것도 국민이 타락하거나 무능해서가 아니라 권력이 썩고 왕실이 부패해서 생긴 결과물이었다.

장르 시인은 작금의 현실에 대한 진단을 직설 화법으로 위정자들을 향한 경고를 보내고 있는 것이다.

당선만 되면 황금 좌석에 우아하게 앉아서/정무 본답시고 어깨 힘주고/민생은 이웃집 개나 주는 것 짖거나 말거나/임기 중

이상 무/아무 일 없이 봉급 꼬박꼬박 행사 참석 축사 몇 마디/
달변으로 위장/존경하는 지역 주민 여러분/저만 믿으십시오/이
권 있으면 뒷주머니 몰래 챙기고

- 본문 「14」 [부분]

민주주의는 국민이 주인이다. 그런데 막상 국민이 주인 행
세를 하려고 하면 내가 뽑아 놓은 하인들이 길을 막아서고
한마디라도 하면 입을 틀어막고, 압수수색을 하고 잡아다
가 감옥에 가둔다. 그러는 동안 하인들은 여전히 온갖 불법
을 저지르고 나라의 곳간을 내 집 금고처럼 도적질하고 권
력을 방패 삼아 재벌들과 한통속이 되어 이권을 챙기고 천
문학적인 돈을 빼돌려 죽을 때까지 호의호식하며 부와 권력
의 카르텔을 형성해 대대로 호의호식하는 자기들만의 리그
를 만든다. 이를 감시하고 견제해야 할 언론도 한통속이 되
어 그들을 비판하고 일침을 가하기는커녕 하인들의 주구가
되어 스스로 언론의 사명을 포기한 채 최상위 권력으로 시
대를 역류하고 있다.

이런 뉴스가 다 있네/심심한 사과 말씀 : 하나도 안 심심해!/낄
끼빠빠가 뭐예요낄 때 끼고 빠질 때 빠짐/시발점? : 왜 욕을 해요/금일
: 금요일/중식 제공 : 우리 아이는 한식 좋아해요/사흘 : 4일/

말귀를 못 알아먹어서 좋겠다

- 본문 「20」 [전문]

21세기를 포노사피엔스 시대라고 한다. 인류의 80억 인구 중 절반은 이미 핸드폰을 갖고 세상과 실시간 소통한다, 핸드폰을 가지고 있는 사람들은 하루의 절반 이상의 시간을 핸드폰 화면을 보며 소통하고 뉴스와 유튜브, 틱톡, SNS를 보며 20여 년 전과 비교하면 천지가 개벽할 세상을 마주하고 있지만, 그 많은 활자와 영상을 보면서 정작 자신들은 심각한 난독증에 걸려 쉬운 우리말조차 이해하지 못해 뜻이 통하지 않는 웃지 못할 상황이 전개되고 있다.

통계에 따르면 우리나라 인구 중에 일 년에 책 한 권도 읽지 않는 사람들이 3분의 2가 넘는다고 한다. 책을 읽지 않기 때문에 심각한 난독증이 대를 이어서 그다음 세대에까지 영향을 미치고 가당치도 않은 신조어로 아름다운 한글의 정체성을 왜곡하는 현상이 발생하고 심지어 대화에서조차 뜻이 통하지 않아 말의 가치마저 훼손되고 있는 것이다. '말귀를 못 알아먹어서 좋겠다'는 말은 난독증의 시대에 대한 풍자와 은유다.

활을 쏘기 위해선 자존의/젖가슴을 도려내야 하는 통과의례/
아마존의 전사들이여/창을 들고 원시의 숲을 정복하라/먹거
리를 다듬고 영역을 다툼하고/아이를 낳아 기르고/초막을 지
어 생계를 보전하는/전사들이여 이 땅에 축복의 메시지를 전
하라

- 본문 「32」 [부분]

장르 시인이 이번 시집을 통틀어 '아마존'에 대해 언급한
부분은 33번 시 한 편이 전부다. 시집을 읽는 내내 과연 언
제쯤 '아마존'이 등장할까? 한 편씩 읽어 나가다가 중반부가
넘어가면서는 제발 시집 속에서 '아마존'이 등장하지 않기
를 간절히 소망했는지도 모른다. 왜냐하면 이미 장르 시인
이 '아마존' 정글에 대한 이야기를 1편부터 쓰고 있었기 때
문이다.

그리하여 굳이 '아마존이 등장하는 시는 상징적으로 한
편만 넣었다는 사실은 신의 한 수라고 생각한다. 그래야 '아
마존'이 진짜 정글로서 우리 현실에 뜨겁게 와 닿을 것이기
때문이다. 우리가 살고 있는 밀림 속에서 우리는 포식자로
살고 있는지 먹잇감으로 살고 있는지 현실을 직시하는 깃발
이 되고 있다.

가짜뉴스의 두 가지 얼굴/첫째 사실과 다른 것을 진짜처럼 속이는 것/둘째 사실인데 절대 아니라고 오리발 내미는 것

- 본문 「48」 [전문]

우리나라 언론의 편향성은 보수나 진보를 떠나 심각한 카테고리를 형성하고 있다. 가짜 뉴스 전문 채널들은 진실한 보도와 사실 확인을 통해 드러나 팩트만 전달하는 매체를 향해서 가짜라고 공격한다. 그래서 어떤 토론 프로그램에 정치인이나 패널들이 나와 토론하면서 팩트와 근거를 직시하면 화제를 다른 것으로 돌리면서 특정인에 대한 인신공격으로 논점을 피해 가고 돌아가서는 다시 특정 채널에 출연해 팩트마저 왜곡하며 소설 같은 이야기를 만들어 내고 자신의 지지자들을 향해 가짜 뉴스를 유포하는 행위를 24시간, 1년 내내 이어가고 있는 것이다.

정치는 국민의 삶과 직접적으로 연결되어 있다. 정치가 바로 서야 법이 무너지지 않고 국민이 권력을 신뢰하고 국가적 위상이 높아지고 국민의 자존감도 높아지는 것이다. 그런데 국민의 하인이 주인을 겁박하고 법을 밥 먹듯 위반하고 권력기관을 통해 국민을 위협하는 나라는 선진국이 될 수 없다. 민주주의의 가치가 훼손당한 나라에 사는 국민은 절대

로 행복할 수 없다.

　장르 시인은 이런 현실의 정글 속에 살아가는 우리의 삶을 정면으로 돌파하며 정글의 포식자들, 그리고 파괴자들에 대한 준엄한 경고를 보내고 있는 것이다.

아마존 시리즈

펴낸날 2024년 12월 10일

지은이 장르
펴낸이 주계수 | **편집책임** 이슬기 | **꾸민이** 최송아

펴낸곳 밥북 | **출판등록** 제 2014-000085 호
주소 서울특별시 마포구 양화로 156 LG팰리스빌딩 917호
전화 02-6925-0370 | **팩스** 02-6925-0380
홈페이지 www.bobbook.co.kr | **이메일** bobbook@hanmail.net

© 장르, 2024.
ISBN 979-11-7223-047-0 (03810)